Los médicos

Jared Siemens

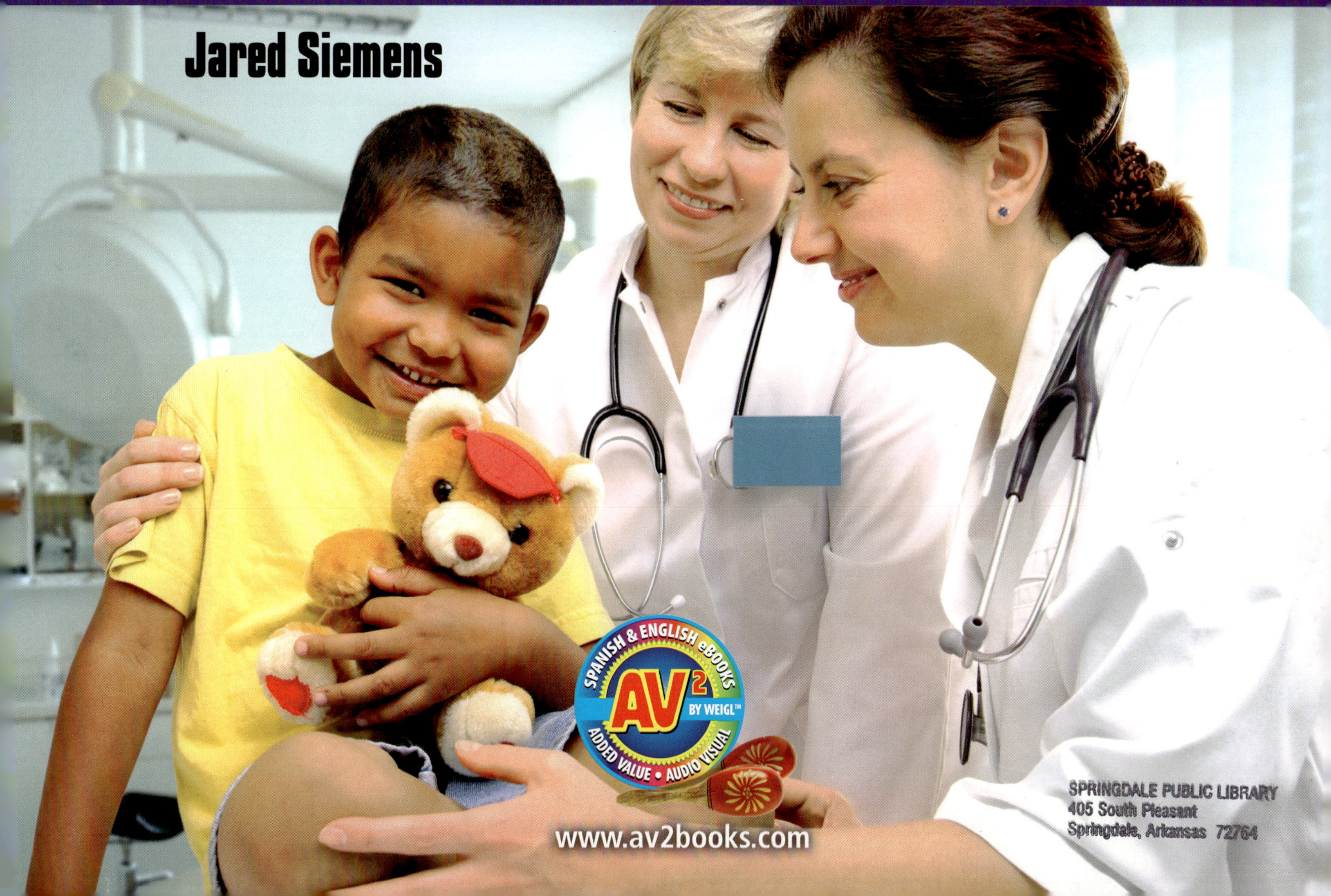

Visita nuestro sitio **www.av2books.com** e ingresa el código único del libro.
Go to www.av2books.com, and enter this book's unique code.

CÓDIGO DEL LIBRO
BOOK CODE

T 5 9 8 6 4 3

AV² de Weigl te ofrece enriquecidos libros electrónicos que favorecen el aprendizaje activo.
AV² by Weigl brings you media enhanced books that support active learning.

El enriquecido libro electrónico AV² te ofrece una experiencia bilingüe completa entre el inglés y el español para aprender el vocabulario de los dos idiomas.

This AV² media enhanced book gives you a fully bilingual experience between English and Spanish to learn the vocabulary of both languages.

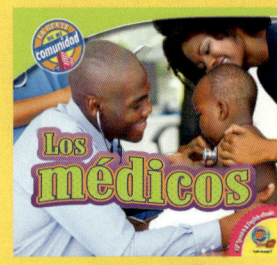
Spanish

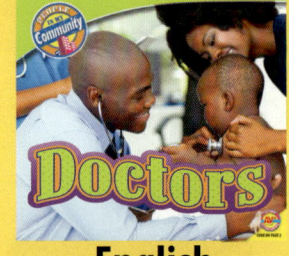
English

Navegación bilingüe AV²
AV² Bilingual Navigation

OPCIÓN DE IDIOMA / LANGUAGE TOGGLE

CAMBIAR LA PÁGINA / PAGE TURNING

CERRAR / CLOSE

INICIO / HOME

VISTA PRELIMINAR / PAGE PREVIEW

Copyright ©2017 AV² de Weigl. Library of Congress Cataloging-in-Publication Data se encuentra en la página 24.
Copyright ©2017 AV² by Weigl. Library of Congress Cataloging-in-Publication Data is located on page 24.

Los médicos

ÍNDICE

- 2 Código del libro AV[2]
- 4 La gente de mi comunidad
- 6 En el hospital
- 8 ¿Qué es un médico?
- 10 Los controles médicos
- 12 Las herramientas de los médicos
- 14 Las inyecciones
- 16 Observando el interior del cuerpo
- 18 Operando
- 20 Los médicos son importantes
- 22 Cuestionario sobre los médicos

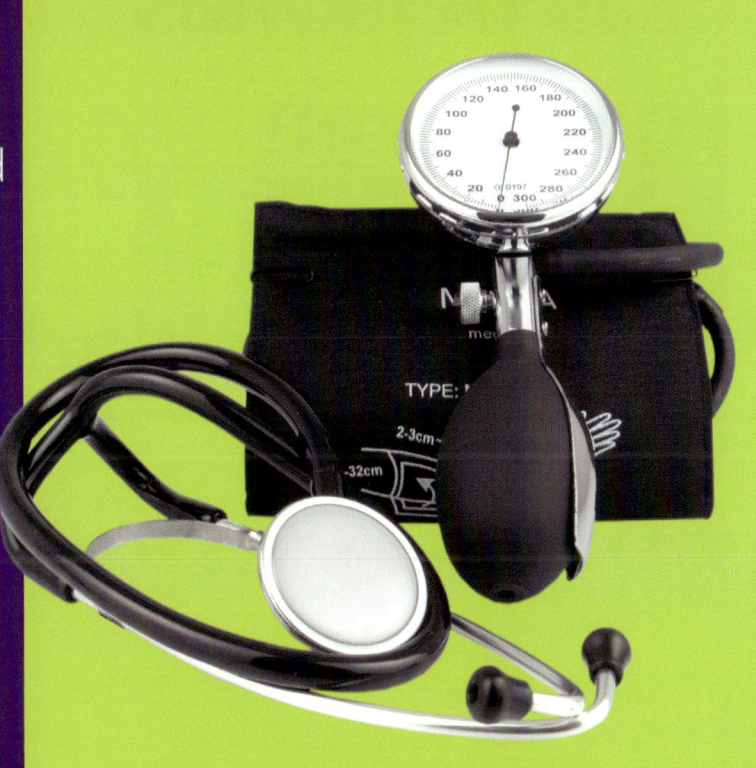

Las personas que viven cerca forman una comunidad.

El médico es una persona de mi comunidad.

Los médicos trabajan en los hospitales.

La gente va al hospital cuando se enferma o lastima.

El médico trabaja para descubrir por qué estoy enfermo.

Me da medicinas para que me mejore.

El médico se asegura de que cada parte de mi cuerpo esté funcionando bien.

Me pesa y me mide para ver si estoy creciendo correctamente.

El médico usa una herramienta que le indica mi temperatura.

También escucha mi corazón y mis pulmones con una herramienta especial.

El médico me ayuda a estar sano.

Me da medicinas para que no me enferme.

El médico observa unas fotografías tomadas con una cámara especial.

16

Son fotografías que muestran el interior de mi cuerpo.

Los médicos operan para solucionar problemas en el cuerpo de las personas.

20

Los médicos son muy importantes en mi comunidad.

Descubre qué has aprendido sobre el médico.

Describe lo que ves en cada una de las imágenes.

¡Visita www.av2books.com para disfrutar de tu libro interactivo de inglés y español!

Check out www.av2books.com for your interactive English and Spanish ebook!

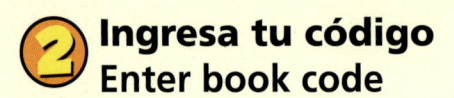

1. Entra en www.av2books.com
   Go to www.av2books.com

2. Ingresa tu código
   Enter book code

   T598643

3. ¡Alimenta tu imaginación en línea!
   Fuel your imagination online!

www.av2books.com

Published by AV² by Weigl
350 5th Avenue, 59th Floor New York, NY 10118
Website: www.av2books.com

Copyright ©2017 AV² by Weigl
All rights reserved. No part of this publication may be reproduced, stored in a retrieval system, or transmitted in any form or by any means, electronic, mechanical, photocopying, recording, or otherwise, without the prior written permission of the publisher.

Library of Congress Control Number: 2015954019

ISBN 978-1-4896-4419-0 (hardcover)
ISBN 978-1-4896-4421-3 (multi-user eBook)

Printed in the United States of America in Brainerd, Minnesota
1 2 3 4 5 6 7 8 9 0 20 19 18 17 16

042016
101515

Project Coordinator: Jared Siemens
Spanish Editor: Translation Cloud LLC
Designer: Mandy Christiansen

Every reasonable effort has been made to trace ownership and to obtain permission to reprint copyright material. The publisher would be pleased to have any errors or omissions brought to its attention so that they may be corrected in subsequent printings.

Weigl acknowledges iStock and Getty Images as the primary image suppliers for this title.

24

SPRINGDALE PUBLIC LIBRARY
405 South Pleasant
Springdale, Arkansas 72764

MAY 8 2018